Amours et merveilles

Paul FABER

Amours et merveilles

Poésie

DU MÊME AUTEUR

Ma douleur et ma raison, poésie, éditions Société des Écrivains, 2007.

À qui la victoire ?, poésie, éditions Société des Écrivains, 2007.

Cahier d'amours, poésie, éditions Société des Écrivains, 2007.

La fiancée du diable, roman, Éditions Société des Écrivains, 2011.

Sur l'échiquier de la révolution, nouvelles, éditions L'Harmattan, 2013.

La maîtresse du ministre, roman, éditions L'Harmattan, 2016.

Réflexions et Vérités, citations, éditions Société des Écrivains, 2007.

5-7, rue de l'École-Polytechnique, 75005 Paris

http://www.editions-harmattan.fr

ISBN : 978-2-343-14922-6

EAN : 9782343149226

À Djénabou Faber Kassé

Je vis, je fais ma poésie, et je suis heureux.

PRÉFACE

À l'accoutumée, je me fais lire. Je fais lire ma poésie par un auteur déjà connu, ou par un homme de lettres dont la plume m'a déjà séduit, pour préfacer mes recueils de poèmes, mes ouvrages en général.

C'est toujours bien de se faire préfacer par autrui. Cela permet à l'écrivain, au poète, de savoir comment les autres perçoivent sa création, comment les autres ressentent les émotions qu'il a exprimées, et comment ils les comprennent.

Cette fois-ci, pour ce présent recueil, je me suis donné en toute humilité, la liberté de me mettre devant le miroir, pour commenter ce que je perçois dans l'image qui est reflétée, ce que j'ai voulu traduire dans ces lignes. Qu'on veuille bien m'en excuser ; une œuvre qui est publiée n'appartient plus à son auteur. Le lecteur fait de sa création ce qu'il veut. C'est son plein droit.

Dans ce recueil de poèmes *Amours et merveilles*, vous trouverez dans ces vers, ce qu'un poète ressent au quotidien. Les mots y sont exprimés tendrement, par moments crûment, sans tabous, au point que tout amoureux de la poésie s'y retrouve. Il s'agit d'une poésie réaliste, teintée de rêves ; où ne manquent ni la beauté, ni la sensualité, ni la cadence, ni le rythme et la musicalité, et parfois, ce que les mots ne peuvent exprimer, mais que seule l'âme ressent, que seule la fibre sensible qui est en nous subit, et vibre discrètement sans mot dire.

Dans ce recueil de poèmes, je n'ai fait que magnifier la vie au quotidien – mon ressenti, mes sentiments, mes émotions.

L'amour y est révélé tel qu'on le ressent, qu'on le vit ou subit dans sa dimension spirituelle, morale et physique. Rien d'obscène, seulement ce que l'on ressent, que l'on vit – ces moments de bonheur, de malheurs, mais aussi de plaisirs, pourquoi ne pas les partager ?

Dans la vie en société, tout se partage. C'est le prix à payer pour vivre en harmonie avec elle et les hommes, et c'est seulement dans ces conditions que notre existence peut être supportable, mieux, agréable.

L'auteur

Quand tu t’en vas, tu me manques

Le temps est lourd et incompressible.
Ton absence pèse,
La distance est incommensurable et irréductible.
Nos cœurs languissent pour l’éternité.
La douleur est incoercible, et oppressante.
Les battements assourdissants de mon cœur m’étourdissent.

Hélas ! Que je voudrais que ce temps ne soit plus le même,
que cette distance cesse d’exister,
que nos cœurs battent à l’unisson, dans le même cocon,
et que cette douleur s’envole
comme un papillon dans un soulagement
et une euphorie paradisiaque.

Oui ! Un plaisir qu’Adam et Ève n’auront pas vécu,
mais une liberté semblable à la leur,
un jardin irisé, et une nature aussi féconde et riche.

Joli cœur ! Ce que je ressens n’a pas de nom.
Ce que mon cœur me dicte est incompréhensible,
Cependant, il clame en sourdine une profonde amertume
Qu’on ne peut décrire, un sentiment indicible.

Dans cette lourdeur qui pèse, l’inconsolable absence,
je te souhaite toutes les merveilles du monde.
Ton plaisir est le mien,
ton bonheur aussi me rend heureux.

Alors, profite de la vie, et sois heureuse.

9 mai 2012

Je l'ai retrouvé

Oui ! Je l'ai retrouvé !
Le goût de la vie.
Oui ! Je l'ai ressentie !
La joie de vivre.
Oui ! Ça me revient !
La senteur des roses,
Les roses de la vie, plus fortes !
Les roses de l'amour

Oui ! Ça me revient !
Le goût de la vie.
Oui ! Ça me revient !
L'amour qui était perdu !
Oui ! Ça me possède !
Le spectre de sa beauté.

Ça me transporte, mais je ne sais où.
Ça me transporte très loin !
Les vapeurs, les nuages,
Quelque part dans l'univers,
la frénésie et la fraîcheur de son corps.

Oui ! Je le revois.
Ce sourire qui aime,
ce charme aimant et aimable.

Je revois ses yeux, scintillant d'amour.
Oui ! Je le ressens ce regard langoureux en moi.
Oui ! Je le ressens ! Cet amour intense et fougueux,
Cet amour qui ne ressemble
À rien d'autre et qui vient de celle
Qui s'appelle la reine de mon cœur,
cet amour qui ne ressemble qu'à elle.

Oui ! Je le ressens enfin, ce bonheur de vivre,
le bonheur d'aimer et d'être aimé.

Djébou

Comme le soleil,
ton amour brille haut dans le ciel.
Il me réchauffe, et me cajole.
Plus les jours passent, son ardeur me tient,
et me brûle de plaisir.

Comme la lune, ta lueur feutrée et discrète
éclaire mes nuits solitaires,
et me transporte dans un monde,
un monde de rêves constellé d'amours.

Comme le Printemps,
ton amour me sourit,
et m'apporte toutes les beautés colorées de la vie.
Quel Bonheur !

Comme la Neige,
dans la chaleur de mon corps,
tu fonds en amour dans mes bras,
et tu m'offres un plaisir inouï.

Comme une fée,
tu occupes mes rêves nocturnes,
et tu me possèdes comme
On ne l'a jamais fait.

Comme la vie,
ton amour est vivant et rayonnant,
Il m'offre la joie de vivre,
la joie d'aimer, un bonheur entier.

Le bonheur d'être dans tes bras,
le bonheur d'être à moi.
Le bonheur de vivre avec toi,
aussi longtemps que le temps.
Je suis celui qui t'aime.

22 novembre 1999

Que je voudrais

Que je voudrais te donner la quintessence de mon amour,
Pour que tu voies la transparence de ma sincérité,
Pour que tu voies au travers de moi, tel un verre transparent
La candeur de mon amour, et sa lumière scintillante.

Que je voudrais t'offrir la fraîcheur de cet amour,
Pour que tu frissonnes de cette sensation.
Que je voudrais que cet amour jaillisse,
comme une source scintillante, d'une chute d'eau naturelle.

Que je voudrais que tu sentes la pureté de mes sentiments,
Comme l'innocence puérile d'une jeunesse tendre.
Que je voudrais que tu sentes mon cœur qui bat,
Dans un assourdissement interne et muet.
Chaque fois que nos regards se croisent,
tel le rythme fou d'un amour inouï,
aussi fort que la fougue d'un forcené.

Je voudrais que mon amour scintille au grand jour,
brillant comme le soleil vaillant
qui éblouit au sortir du sommeil.

Je voudrais t'offrir ma tendresse à l'infini
pour que tu vives en douceur l'intensité de cet amour,
cet amour poignant et enivrant,
cependant chaleureux et rassurant.

Je voudrais que notre amour s'ouvre à la nature,
tel un pétale qui fleurit
offrant au monde qui sourit
son sourire miraculeux,
son parfum fougueux,
et ses couleurs vertigineuses et folles.

Que je voudrais que notre amour soit naïf et innocent,
dénué de tout intérêt, dans ce monde corrompu,
à l'abri de toute turpitude, échappant au rythme des violences
des vagues et des tempêtes, de la jalousie et de la passion
hélas ! Inévitables et stupides,
pour que règne la paix, dans nos cœurs d'amoureux.

Mars 2009

Merveille

En toi, tous mes états en éveil
Quelque part dans les merveilles
Dans les tourbillons du cosmos
Les neurones palpitent, l'étreinte corporelle est forte
Seuls mes instincts vrombissent
Heureux de la pression d'être en tenaille,
pris dans tes mailles, ma prison doucereuse,
mes délices, partout dans nos corps électrisés,
une myriade de nano-flèches électriques
Une extrême extase qui ne devrait finir
Seuls les dieux qui atteignent le firmament sont dans le secret
La fontaine abonde, généreuse
Chaude et onctueuse
Eurydice a-t-elle été si généreuse ?
Je suis comblé de merveilles, merveilles, merveilles,
ô merveilles !
Merveille pour ta féminité, merveille pour ta grâce
Merveille pour ton amour torrentiel et débordant
Merveilles pour tes bontés, merveilles pour ton amour enivrant
Merci Seigneur pour tant de bontés !

10 septembre 2013

Femme quand tu aimes ! Ton amour si enivrant

Ah ! Femme ! Quand tu aimes,
ton regard sensuel et langoureux,
ta grâce, ta féminité, ton être qui s'offre
telle une offrande dans la splendeur.

Ah ! Femme quand tu aimes !
Ton cœur qui s'ouvre comme un pétale,
une fleur qui sourit à la nature,
au soleil, à la vie.

Ah ! Femme quand tu aimes !
Ton corps qui s'épanouit,
Qui parle, qui compose et lance des messages,
Et la sensualité, pressante et gourmande
Ton corps qui pétille de plaisir.

Ah ! Femme quand tu aimes !
L'expression de l'amour, la plénitude
L'amour qui s'incarne, la vie dans sa splendeur,
La vie en rose, sans ortie, l'éclosion, la bienveillante candeur,
La vie aux couleurs multiples et irradiantes.

Ah ! Femme quand tu aimes !
Ton regard à ton amant, ce regard sans pareil,
ce regard caressant, et réchauffant
ton homme ! tu le vois sans défauts,
idéalisé par l'amour
oui ! tu ne vois que bonté et beauté.

Ah ! Quand tu aimes, il n'est qu'un ange,
ton amant toujours excellent à la perfection,
ton rempart qui assure et sécurise
Il n'est que bouclier qui protège.

Ah ! Femme quand tu aimes !
Quelle fleur dans sa blancheur,
Quelle grâce dans sa candeur !
Quelle magnificence en action !
Quelle fée en mutation !
Quel amour en apothéose !

Ah ! Femme quand tu aimes !
Tu es la lumière qui éblouit, le soleil majestueux,
Tu es la fleur dont la senteur emporte, et enivre,
Tu es l'ange qui pétrifie.

Ah ! Femme quand tu aimes !
Tu es la compagne qui s'accroche, qui étreint
Comme une plante parasite,
Tu es la douceur qui s'agrippe,
Aussi fort que l'enfant à sa mère,

Ah ! Femme quand tu aimes !
l'amante parfaite qui s'accroche,
les mailles de l'amour serrent,
comme seule une amoureuse sait le faire.

Tu es l'amante amoureuse,
Tu es l'amour vivant,
Tu es l'amour vrai, brûlant.

Et tout n'est que couleurs et beauté,
Tout n'est que joie et bonté
Pour un amour fou et dénué.

9 novembre 2007

Ma poétesse

J'ai consommé ta poésie
tes vers passaient peinards comme du nectar
Dans mon lit je te lis et te relis,
certainement, parce que coule en toi une douceur
que je ressens comme une mine de nectar
et je ressens ton âme féconde
Et mon désir de partager cette source féconde
Avec mon âme vagabonde.

10 septembre 2013

Le Néant

Au sortir du Gabou*
ma pensée va vers toi,
je lève la tête par-dessus les murs du PMU**
je vois l'immeuble, la clinique, celle qui t'abritait,
hélas ! Je ne te sens pas.

Je ne sens plus ce regard lointain posé sur moi.
Je ne sens plus ce regard qui me réchauffait.
Ce regard qui me donnait un baume au cœur,
et pourtant, que je banalisais parfois.

Aujourd'hui, il me manque ce regard
Cette sensation qui m'envahissait,
ce spectre d'amour qui me possédait.
Cette force qui me serrait le cœur.

Je regarde encore, c'est le vide !
D'ailleurs, il n'y a même pas de lumière.
Mon regard croise le vide, ce vide désolant,
c'est le désarroi ! la misère.

Cette lumière manque,
celle qui se confondait à toi,
et qui était en toi.
Aujourd'hui, il n'y a plus rien !
Toi non plus, tu n'es pas là !
Oh ! Plus rien !

Je suis comme un orphelin qui a perdu ses repères,
je suis comme un enfant perdu.
Je suis comme une brebis égarée qui ne retrouve pas son chemin
je suis comme un nénufar qui va à vau-l'eau.

Oui ! En ces moments-là,
ce regard, ce regard me semblait banal.
Mais aujourd'hui, ce vide qu'il laisse
me prive de force, d'énergie et de bien-être.

Quand on aime, c'est quelque chose,
quand on est aimé, c'est important,
et on est important.
Oui ! Il me manque cet amour qui me rendait important.
Il me manque cet amour qui faisait de moi quelqu'un,
oui ! Quelqu'un d'important.

21 mai 2012

* Bar américain situé au quartier Cameroun de Conakry.
** Siège de la loterie.

Rêve

Dans mon rêve
je saute, je vole sans trêve.
Je traverse les hauteurs
je m'envole très haut.

Dans mon rêve
je suis dans les airs
je traverse les océans
et je ne ressens pas l'air.

Dans mon rêve
j'échappe à mes assaillants
je virevolte, j'évite mes poursuivants
évitant leurs flèches
dans une fuite sans trêve.

Dans le rêve, je peine,
le méchant me poursuit,
je vois sa haine
sur son visage haineux.
Cependant, je vole, je vole, et vole très haut
avec la bénédiction du Très-Haut.

Dans mon rêve
L'ennemi peine, dans sa haine morbide,
pour une peine perdue,
Je suis indemne, par la grâce de Dieu
Et à mon réveil, je suis tout heureux.

Sans doute, la victoire du bon sur le méchant,
la défaite inéluctable du méchant
la déchéance du mal,
la protection divine.

31 août 2013

Dans mon rêve

Elle me prend
Ô nudité parfaite !
Sosie de Néfertiti
ce corps gracile
d'ombre et de velours.

L'étreinte est forte
la nymphe monte
sur sa proie électrisée
tremblante et frileuse.

La toison onctueuse, baveuse et mousseuse,
La chevauchée est terrible,
Aussi énergique que Jeanne d'Arc
C'est le tournis,
Mille feux, mille étoiles !

Elle presse tout doucement
Glisse tendrement
Sensation douce
Au rythme d'une valse langoureuse
Elle trépigne, elle fond.

La nuit violée par l'éclair
Nos cris retentissent en cascades
Le volcan libère sa larve.

Brutal réveil
Quelle merveille !
Le muscle encore raidi
Gonflé inconsciemment de désirs.

8 septembre 2013

Ma plume

Heureux le poète qui,
De sa plume grave
Les sensations de la muse
Par la magie des mots qui fusent.

Heureux le poète
qui malaxe les mots tendres
comme la farine qui prend
pour le plus délicieux des gâteaux.

Heureux le poète
Réceptacle des ondes célestes
Les mots pétris de sa plume
Dans un délire de mots sublimes.

Heureux le poète
qui magnifie la beauté
chante l'amour
l'extase incontrôlée de Vénus
dans un délire de plaisirs
au bonheur d'Adonis.

Heureux le poète
Sensible aux saveurs muettes
Aux parfums délicats et exquis,
Senteurs enivrantes et suaves.

Heureux le poète qui
De sa plume féconde
Fustige le mal de ce monde
Extirpe la vérité
des marécages immondes.

Heureux le poète émérite amoureux
Magnifiant les délices
les douceurs de la chair
de l'élue du cœur.

Heureux le poète
Qui ressent ce que les autres ne sentent
Heureux le poète qui voit ce qui est invisible aux autres
Heureux le poète, l'amoureux,
le plus profond des amoureux.

8 septembre 2013

Précarité naïve et heureuse
La vie pas si mal par ces temps de misère

Ah ! Cette vie, si courte !
Cette petite misère de vie,
Dans cette famille modeste
Dans cet environnement vétuste
Incrusté de symboles sonnants,
Miné par la pauvreté,
Cependant, il y a la joie de vivre !

Quelle belle journée dominicale !
La maisonnée, la grande famille africaine.
Autour, la cuisine, la senteur
des marmites appétissantes.
Autour, la maman, la belle-sœur maternelle,
la cousine pétillante,
ces femmes sensuelles et pulpeuses
aux rondeurs d'amandes,
La vie ! se déroulant couci-couça !

Aussi, les enfants, les petits cousins,
les neveux insouciants et naïfs,
cette jeunesse innocente,
ces enfants grincheux et capricieux,
sautant par-ci par-là, entre les jupons.
En ce jour ensoleillé du dimanche, la maisonnée est en ménage,
dans une ambiance de joie et gaieté,
ambiance aux airs de fête.

Amis, visiteurs et sympathisants en communauté intelligente
à la fois désordonnée et désinvolte,
ce temps qui coule tout doux, la vie douce et insensée
dans une précarité naïve et sotte.

C'est une belle journée dominicale,
pas comme les autres, dans une ambiance suave et feutrée,
cet air flatteur de sérénité, loin des affres du quotidien,
une assemblée bien arrosée,
quelques buveurs bien grisés
les vicissitudes provisoirement aux oubliettes,
et les problèmes aux calendes grecques.

Une joie dominicale, une vie communautaire,
Une communion familiale,
et cette cuisine aromatisante qui donne une senteur
à la vie, ces marmites bouillantes aux goûts enivrants
Cuisine africaine odorante, cuisine succulente.

Et moi, profitant de ce plaisir,
de ce moment de détente, dans une moelleuse boisson
cet air bon enfant, ce moment enjoué et distrait.
Sur ce vieux continent, c'est la joie de vivre !
Dans le Kaloum, Conakry, la belle Guinée.

Aussi, la musique, le rythme des Antilles,
la frénésie des frères de sang,
envoûtant, envahissant et enivrant,
dans ces vibrations rythmiques,
mon euphorie n'a pas de nom
dans une demeure de rêve cosmique,
aux odeurs culinaires.

Cependant, l'austérité est présente,
ici, le luxe est un rêve, les murs sont moisis,
alvéolés de trous d'origine inconnue,
érodés par le temps,
mais la joie de vivre ne peut être entamée,
cette misère ne peut ternir ces moments agréables,
du plaisir dans l'insouciance.
Rythmé en musique par le tam-tam des Antilles,
le tam-tam d'Afrique.

Autour de moi, des gens simples et merveilleux,
sans artifices, mais heureux,
de l'offrande du jour, l'offrande du matin
Une quiétude sereine, la douceur de vivre.

La vie qui coule douce,
dans ce chapelet de temps,
égrainé d'heure en heure,
de minute en minute, elle passe sereine
et tranquille, elle passe dans la paix, sans peine,
cette paix si chère et précieuse.

Rythmo cabana, la musica cabana qui berce,
c'est la muse qui nous inspire,
la joie de vivre, la vie en beauté,
dans un déhanchement saccadé,
la bonne cuisinière goûte sa cuisine
loin des vicissitudes de la vie.

Malgré tout, ces imbéciles heureux,
ces enfants aux pieds nus dégagent l'innocence,
ici, tout n'est que précaire,
dans une mondialisation sans cœur,
dans un monde où seul le plus fort gagne
ici, la sécurité est providentielle,
la vie est existentielle.
Hélas quel avenir incertain !
En attendant, on vit, on la vit
cette vie qui mérite d'être vécue.

Tam-tam

Tam-tam d'Afrique, tu es la source,
La parole, le langage de l'Afrique dont le cœur bat,
tu es la voix qui tonne, le son qui vibre
le rythme qui secoue et l'émotion vivante.

Tam-tam, tam-tam d'Afrique,
le son qui bouge, le messager du village,
messager de la bonne nouvelle,
messager des courroux et de la douleur.

Tam-tam, le messager,
L'annonciateur de grands évènements,
La Tabala, la Tabala de l'Afrique
Au rythme fécond, des humeurs fécondes,
De l'Afrique profonde.

Tam-tam d'Afrique, tam-tam du monde,
son aux variations multiples,
son doux et enroulé, aigu et raffiné,
son grave et envoûtant,
ta rythmique génère la joie et le bonheur.

Tam-tam d'Afrique, tam-tam du monde,
l'essence du son, son du fond du cœur,
de la complainte des opprimés,
des frères déportés d'Amérique, des Antilles,
des Caraïbes, et autres.

Tam-tam des pleurs des sinistrés,
des guerres fratricides de l'histoire,
des malheureuses victimes de l'esclavage,
l'alanguissement des nostalgiques,
mais aussi de la misère et de la détresse des opprimés.

Tam-tam d'Afrique, tam-tam du monde.
Porteur des réjouissances et du plaisir,
des vibrations de l'amour et de l'extase.
Tam-tam de l'expression magique du corps,
des vibrations électriques du désir.

Tam-tam des grandes réjouissances
Pan pan ! Padan pandan pan !
Pan pan padan padan padan pan
Pan padan pan pan pan
Pan padan pan pan pan !

Tam-tam de la déesse de l'amour et de la sensualité
Pan pan padan !
Padan padan pan
Padan padan pan !
Pan pidin pan pan pan !
Pan pidin pan pan pan !

Tam-tam des noces heureuses
Célébrant les unions sacrées
La victoire du cœur fébrile
Les noces de l'amour fertile.

Tam-tam au son enroulé
des guerriers intrépides manding
du doumdoumba au rythme dingue
des danses énergiques et musclées.

Tam-tam au son folklorique
Des atlantes soussous amoureux
du yankadi euphorique
danse d'expression amoureuse.

Tam-tam au son du Matouashi congolais
danse au déhanchement affriolant
de la nubile Congolaise brûlante,
gracieuse et pétulante.

Tam-tam au rythme ensorcelé
du sabar du siné Saloum
danse aguichante
des Sénégalaises moulées,
belles et scintillantes.

Tam-tam au rythme endiablé
de la rythmique Doudou N'diaye Rose
survolté, l'artiste virtuose sénégalais
de la rythmique
Tam-tam du jazz afro
Aux sonorités rêveuses
Nourri d'effets magiques
Le nectar des génies du négrospiritual.

10 septembre 2013

Calebasse

Tu portes l'eau de source
Limpide et abreuvant.

Tu portes le lait crémeux
de la bergère aux boucles dorées
Nourricière et généreuse.

Tu portes la bouillie chaude
Du gourmet mandingue.
Le repas tant désiré, aromatisé au soumbara.

Tu portes le tchapalo onctueux
des beuveries aux ricanements pompeux,
du guerrier du Moro Naba,
retrouvailles pour les plaisirs partagés,
les soucis et les angoisses aux oubliettes.
Le tchapalo des buvettes Mossis.

Tu portes les colas sacrées,
la dot de la beauté désirée,
le message traditionnel, la demande de la main de l'élue
tu contiens la dot précieuse,
gage d'un amour éclos au grand jour.

Tu donnes des claquettes rythmées
À la musicalité de la forêt sacrée et douillette,
le son magique des veillées, des soirées riches et
heureuses autour du feu de bois.

Instrument traditionnel des offrandes mystiques
des hôtels magiques
Maillon symbolique des coutumes africaines
porteuses des offrandes sacrées aux esprits tutélaires.
Calebasse ! calebasse ! calebasse ! objet légendaire.
Calebasse ! calebasse ! calebasse !
symbole de la tradition africaine.

10 septembre 2013

Mes nuits insomniaques

Seul dans mes pensées,
Mes nuits tranquilles et sereines,
je cogite, tourne et retourne
les choses de la vie,
mes nuits longues, de sommeils rares.

Mes nuits pensantes, mes nuits de réflexions,
d'analyses et de méditations
nuits calmes où la plupart dorment,
dans les bras de Morphée.

Nuits de rêves utopistes,
nuits de rêves fantastiques,
mes nuits agitées de cauchemars,
je pense, je réfléchis, ça tourne et retourne
dans ma tête mythique.

Mes nuits de solitude, tout seul
dans un silence envahissant
la nature tranquille et majestueuse,
emmitouflé dans mes draps blancs.

Mes nuits de lecture enrichissante
de lectures variées et diverses,
inlassablement, ces livres qui m'accompagnent
mes compagnons de tout le temps
mes nuits studieuses et laborieuses.

Mes nuits de solitudes
où chaque bruissement retentit en moi,
nuits de solitude, où dignement,
je savoure la paix intérieure.

Mes nuits d'insomnie
et d'interrogation sur le divin,
la puissance et la miséricorde,
à moi, tant de révélations et d'évidence
j'embrasse la grandeur divine,
le Dieu d'Abraham, de Moïse et de Jacob.

Oui ! mes nuits en prière,
rythmées de chants et de louanges
à Dieu le Créateur,
mes nuits de prières intenses,
des prières de combats,
des psaumes de David.

Mes nuits de longues réflexions
où je rêve les yeux ouverts
ces plans projetés, échafaudant des châteaux,
bâtissant des empires,
ces nuits de rêves où tout est bon et beau,
dans la plénitude.

Aussi, mes interminables nuits où la santé vacille
L'angoisse de la fragilité humaine
dans la douleur et la maladie
où j'égrène le temps, les secondes et les minutes
dans l'attente d'une guérison rapide.

Mes nuits insomniaques où je pense à la vie,
à la vanité, à la mort, à la fin, à ma fin.
Tant de questions sur l'après-moi,
qu'en sera-t-il après l'ultime voyage,
quand est-ce que sera le point final ?
Je serais parti de façon banale.

Ma famille, les hommes, la société,
et la vie continuent, la roue qui tourne
elle tournera, de génération en génération
elle tournera, sans moi.
Elle tournera sans n'importe qui.

Cependant, ma consolation est dans ma poésie
Ma vie en poésie, avec de la poésie.
Mes longues nuits à la muse féconde,
ma poésie qui jaillit comme une source limpide,
une source intarissable,
ma poésie qui germe comme une semence,
un sexe en érection.

Mes nuits interminables qui portent conseil,
des messages lointains, peut-être du ciel, de la providence
de réflexions édifiantes de sages conseils dans ce lourd silence,
conseils édificateurs nourris de profondes inspirations.

Mes nuits de désirs et d'amours,
Mes nuits de fantasmes et d'ébats
où le temps ne compte plus
Mes nuits d'amour que je souhaiterais
Interminables,
Hélas ! mes nuits de satiété et d'insatiété.

Juin 2012

Morosité maladive

Quand tu me tiens,
et que les couleurs de la vie s'envolent.

Quand tu me tiens,
et que tout devient fade,
la joie et le rythme s'envolent,
les vibrations disparaissent.

Quand tu me tiens,
et que l'amour soit absent.
Quand tu me tiens,
que le vide m'envahisse.

Quand tu me tiens,
que je regarde l'abîme,
et que l'abîme soit en moi,
au fond de l'angoisse.

Morosité maladive,
de la vie sans plaisirs, privée d'émotions,
tout ce qu'il y a d'enivrant,
de beau, de sublime et de palpitant.

Aussi, tu gangrènes,
et tu m'offres l'ennui,
la mélancolie, l'envie,
le ressentiment d'un besoin indéfinissable.

Tu me tiens, impuissant
Méritais-je ce sort, et pourquoi ?
Toutes ces années laborieuses, vaines
sans espoir, mon bonheur terni,
dans un pays d'incertitudes.

Et tant d'amours envolées,
tant d'illusions pour ces compagnes furtives,
tant d'illusions pour ces vanités de la vie,
de vanités humaines,
tant d'envies pour l'insatiété humaine.

Morosité maladive,
Celle du néant,
l'esprit et l'âme dénudée,
celle fécondant la tristesse.

Ta présence n'est que morosité maladive, et malsaine.
Morosité de vivre dans un pays qui s'enlise
dans l'excellence de la médiocrité,
de sombres desseins et la consécration des médiocres,
une gestion sclérosée par l'impunité.

Morosité pour l'amour perdu, envolé,
pour l'ironie du sort, le mal d'être incompris,
le mal de ne pouvoir offrir
mon cœur plein de tendresses et de volonté.

Morosité maladive, d'impuissance,
morosité devant des limites matérielles,
et de ne pouvoir se mouvoir,
tenu par les affres du sous-développement,
les mailles du système corrompu.

Morosité pour la rançon,
pour une vie décente et honnête,
rançon du rejet de la cupidité,
le prix à payer pour vivre pour la morale,
pour les valeurs justes et honorables.

Morosité !
Pauvre maladie, je te combattrais
Que je voudrais y mettre un terme
je ne me laisserais jamais abattre.
Je te combattrais avec ma plume,
avec mon ardeur vitale
dans un combat fatal.

Je valoriserais ce que la vie me donne
de plus vivant et meilleur,
de plus vaillant et viable
je la rendrai aimable,
plus vivace, plus belle et dorée.

Je m'éclaterais dans une vie en musique,
dans une symphonie naturelle,
donnant le meilleur de moi
pour une vie plus belle,
pour un amour plus grand et plus fort,
et pour une vie plus colorée, sans morosité.
Pour une société plus équitable.

Morosité !
Avec le plaisir de te dire adieu
Adieu, pour ne plus te rencontrer.

19 janvier 2009

La Fleur : l'Indienne

Moulée dans ton Sari
Belle étoffe en longueur unique
Suscitant ta sensualité exquise
Et ta candeur subtile.

Je te reconnais à tes yeux
Aux mystères variés.
Je te reconnais au signe rouge
de ton front, symbole de femme mariée.

Je te reconnais à tes bijoux irisés
issus d'un art génial, aux éclats
dévoilant ton charme fatal
ton cou annelé, chamarré de perles nacrées
tes bracelets capricieux, de joailleries variées.

Tu es la fleur de l'Orient indien,
La beauté des déesses du Nirvana
Inspirée de valeurs du Bouddha
La fleur indienne
Aux parfums du monde indien.

20 octobre 2013

La Fleur : l'Africaine

Femme africaine, laisse-moi t'admirer,
Te regarder et me régaler
Ta splendeur et ta beauté,
Ton charme et ta grâce magnifiés.

Oh ! L'Africaine du Nord-africain
La fleur du Sahara, la perle des oasis
La générosité du désert
Le parfum aux mille arômes
des Mille et Une Nuits
Je vante ta subtilité et ta sensualité arabes.

Oh, femme ! Femme africaine,
Négresse du sud du Sahara, en chair
Négresse au cœur du Congo, affriolante
Négresse des lumières du Cap, envoûtante
laisse-moi chanter ta beauté.

Oh, femme ! Négresse au teint d'ébène,
La gazelle des savanes kényanes
La nymphe de Somalie, d'Éthiopie
La lune qui éclaire les nuits poétiques du Burundi et du
Rwanda
Corps sculptural, intelligent et subtil
Reine des rêves et des phantasmes.

Femme africaine !
Laisse-moi t'aimer
laisse-moi te magnifier
laisse-moi te chanter.

Je te chanterais au rythme de la symphonie andalouse
Je te chanterais au son de la griotique mandingue.

Je te chanterais au rythme matouashi, déhanchement magique
je te chanterais à la cadence endiablée zouloue
dans une frénésie électrique et folle.

Oh, femme africaine ! Merci de m'avoir comblé de tendresses
De m'avoir nourri de chaleur et de tant caresses
De m'avoir donné et enseigné l'amour
Ton amour si grand en noblesse.

14 septembre 2014

Le méchant

N'es-tu pas celui qui aime la guerre ?
N'es-tu pas l'adepte de la violence,
de la frayeur qui provoque la mort violente ?
N'es-tu pas le fabricant d'armes qui tue,
le vendeur et trafiquant qui sème la mort ?
Tu es le méchant sans-cœur.

N'es-tu pas celui qui sublime le mal,
celui qui frise la terreur, la torture,
infiltre le terrorisme et génère le génocide ?
Alors, tu es le méchant, le mal en personne
Satan en personne.

N'es-tu pas celui qui réclame la déchéance d'autrui,
qui veut le malheur des autres, qui œuvre pour détruire ?
Le mal, le mauvais c'est l'autre
Toi qui vois noir en tout,
tu es le méchant, le serviteur de Satan !

N'es-tu pas l'intolérant
Qui refuse le droit à la différence,
Impose aux autres sans tolérance
Les frappes pour leurs opinions et leurs croyances ?
Alors, tu es le méchant !

Le méchant ! Pauvres bandits, voleurs invétérés
pauvres bandits associés, parias
voleurs, violeurs, pilleurs, tueurs
qui sèment les carnages, le rapt, la razzia
pauvres bandits, pauvres hères en rage
sans cœur, sans âmes, sans pitié !

Ton satané vice, le plaisir dans la douleur
La douleur dans le plaisir
l'extase, le plaisir dans le malheur
Ta perversité maladive, le malade pervers
Ton avidité malsaine, le méchant pervers
Tu es le masochiste, le malade pervers.

Dommage pour ta perversité morbide !
Dommage pour tes choix sordides !
Dommage pour tes instincts sataniques !
Dommage pour tes actes sadiques !

Janvier 2014

Chrysanthème

Heureux les humbles qui accompagnent les morts
Heureux les humbles qui prient et chantent leurs morts
Heureux les humbles qui assistent les familles affligées
Heureux les humbles qui partagent la douleur des autres.

Oui ! Et ce chant qui accompagne

Souviens-toi de Jésus-Christ ressuscité d'entre les morts
Il est notre salut, notre gloire éternelle.

Bienheureux ceux qui sont simples et qui compatissent au malheur des autres
Bienheureux ceux qui donnent l'amour aux désespérés
Bienheureux à ceux qui consolent les peines
Bienheureux à ceux qui sèchent les larmes des autres.

Et le chant qui accompagne

Le Seigneur est mon Berger,
rien ne peut me manquer
Il me conduit là où l'herbe est fraîche
vers les prés du grand bonheur !

Bonheur à ceux qui soignent les plaies des blessés
Bonheur à ceux qui soulagent les souffrances
Bonheur à ceux qui comblent de joie les malheureux
Bonheur à ceux qui apportent le sourire aux attristés
Bonheur à ceux qui consolent les déshérités.

Et ce refrain rassurant

Tu es Seigneur notre résurrection, alléluia !
Gloire à toi qui fus cloué sur la croix, amen !
Gloire à toi, tu es ressuscité, amen !
Gloire à toi qui reviens un jour, amen !

Bénis soient ceux qui donnent leur vie pour les autres
Bénis soient ceux qui donnent leurs biens aux pauvres
Bénis soient ceux qui donnent des bontés.
Bénis soient ceux qui donnent l'aumône.

Dans la symphonie qui accompagne

Rendons grâce au Seigneur, car Il est bon
Rendons grâce au Seigneur, car Il est bon
Rendons grâce au Seigneur, car Il est bon
Éternel est son amour.

Paix à ceux qui accompagnent les morts à leur dernière demeure
Paix à ceux qui soutiennent les orphelins, les veuves
Paix à ceux qui donnent leurs temps aux endeuillés
Paix à ceux qui consolent les déshérités.

Et ce chant merveilleux !

Fais paraître ton jour
Et le temps de ta grâce,
Fais paraître le jour,
Que l'homme soit sauvé.

Aux bonnes âmes qui s'en vont, puisse Dieu leur accorder le ciel
Aux bons Samaritains qui nous laissent, que Dieu les accorde la vie éternelle
Aux croyants qui voyagent dans l'au-delà, qu'ils aient le repos éternel
Aux croyants qui ont aimé Dieu, qu'ils aient la résurrection
L'amour divin et éternel.

26 avril 2014

Au petit matin du Kaloum

Au petit matin du Kaloum
La nature m'apparaît, aux couleurs variées
L'acacia, le tamarinier, le figuier
Le manguier, le cocotier
Bonjour la nature, bonjour les arbres !

Au petit matin du Kaloum
En cette période hivernale
La nature est fraîche, la terre humide
Odeur naturelle et bienfaisante
Les fleurs colorées, les herbes vertes
Bonjour la nature, bonjour les plantes !

Au petit matin du Kaloum
Je respire à grands poumons
Loin des vrombissements d'engins et de la pollution
Quelques insectes volants
L'air est pur à profusion
Bonjour la nature, bonjour à l'air ambiant !
Bonjour au soleil du Kaloum !

Au petit matin du Kaloum
Le disque doré scintille dans le ciel
Les oiseaux piaillent,
Les hirondelles volent, les moineaux pépient,
Les oiseaux chantent, les papillons volent
Leurs chants me bercent

Bonjour l'air du Kaloum !
Bonjour le vent qui caresse !
Bonjour le temps du Kaloum !
Bonjour aux choses qui m'entourent !
Les maisons, les voitures, les animaux de compagnie.

Bonjour la nature colorée !
Nature qui régale ma vue de mille couleurs,
Malheureux est celui qui en est privé.

Bonjour la vie !
Heureux aussi d'être en vie
Heureux de bien respirer
Heureux de bien vivre.

11 novembre 2014

Dans les profondeurs de la nuit

Dans les profondeurs de la nuit,
le temps s'écoule.
Dans les profondeurs de la nuit,
la trotteuse de la pendule trotte
Tic-tac, tic-tac, tic-tac,
mes pensées s'égrènent
mille réflexions, mille choses.

Dans les profondeurs de la nuit
le noir envahissant,
je m'accroche au bruit de la pendule,
les yeux fermés
tic-tac, tic-tac, tic-tac,
le temps passe et passe encore.

Dans les profondeurs de la nuit,
la trotteuse balance
tic-tac, tic-tac, tic-tac
je fais le bilan,
qu'ai-je fait d'utile le jour ?
Je cherche dans mes pensées
qui tournent.

Dans les profondeurs de la nuit,
les minutes se succèdent
les secondes passent,
tic-tac, tic-tac, tic-tac
je suis dans mes pensées
à évaluer mes problèmes.
Comment les résoudre ?
J'ai besoin d'aide
où la trouver ?

Dans les profondeurs de la nuit,
le noir est intense
et mes problèmes sont immenses
Tic-tac, tic-tac, tic-tac,
dans ce temps qui passe,
je cherche des visages
pour sortir de ce virage
et le temps passe.

Dans les profondeurs de la nuit,
ma tête est lourde, et le temps est lourd,
tic-tac, tic-tac, tic-tac.
Que sera demain ?
Un lendemain incertain !
J'attends le jour
Pour résoudre les problèmes de tous les jours.

18 novembre 2014

Je me souviens

Je me souviens de nos moments de bonheur passés ensemble,
Je me souviens de nos moments d'insouciance dans le feu de l'amour.

> Je me souviens de nos folies de jeunesse, de nos virées et de nos sorties interminables,
> Je me souviens de nos escapades nocturnes étourdissantes.

Je me souviens que nous nous aimions fort, et de la belle manière,
Je me souviens que nous étions dans le vent au gré de nos caprices et de comédies burlesques.

> Je me souviens de la petite famille heureuse que nous faisions, la petite famille bénie par la venue de notre charmante première fille.
> Des moments d'attention sublimes, à ce fruit de notre amour extrême.

Je me souviens des jeux puérils que nous faisions à amuser ce bel enfant que nous aimions et cajolions, notre fille magnifique, pleine de bonté et de générosité.

> Je me souviens de cette euphorie que nous avions à la venue du deuxième fleuron de notre petite famille, ce bel enfant potelé, gros et gras, aux gros yeux noirs et au sourire radieux, le ciel était beau et radieux, il nous apportait le soleil.

Je me souviens de nos bonnes humeurs, nous vivions dans la gaieté,
Nous étions jeunes et beaux, désirés et enviés
Je me souviens que nous étions des fous heureux,
Oui ! des imbéciles heureux.

Je me souviens de notre plénitude familiale, à la venue de notre troisième enfant, mignon, qui nous gratifiait de cris interminables, de sa voix perçante, nos inquiétudes et notre ardeur à le consoler.

Je me souviens de cet enfant imprudent et cascadeur,
Imaginatif à inventer des jeux,
Et nous nous amusions tous ensemble.

Je me souviens du foisonnement de cadeaux pour ces marmots,
À ces anges qu'ils étaient, ces réveillons colorés et lumineux, ces anniversaires enguirlandés, la nature était clémente, et nous vivions dans la grâce du miséricordieux, de la bonté divine.

Mai 2015

De Bébé à moi

Je t'envoie un chèque de mille tonnes de baisers,
À retirer à la banque de l'amour,
Au boulevard des passions, à la rue des sentiments
de mon bonheur.
Je t'aime et te souhaite des jours meilleurs.

De Paul à Bébé

J'accuse réception de tes mille tonnes de baisers en liquidités,
En provenance de ta banque d'amours.
Ce trésor langoureux que tu m'offres, vient en augmentation
de ma fortune d'un milliard de tendresses
que je garde jalousement dans la chambre forte de ma banque
de bontés,
de quoi t'envoyer au 7e ciel, mieux, dans le Nirvana
« la plénitude de l'extase ».

Ainsi, je me régalerai de te voir fondre dans le bonheur,
Aussi, je me plairais, à admirer la merveille que tu es en
dormant
chaque fois que tu es repue et comblée de plaisir.

Adieu : Vous m'accompagnerez

Vous m'accompagnerez un jour !
Vous m'accompagnerez, parce que je ne serais plus avec vous
Vous m'accompagnerez, parce que je ne serais plus qu'une masse en bière
Une carcasse, sans vie, sans le souffle divin.

Vous m'accompagnerez !
Je ne peux rester davantage avec vous
Ma mission serait achevée
Ce serait la fin de toute illusion
Ma vie fut comme un rêve, je l'aurais vécue pleinement
Et dans la plénitude.

Je l'aurais vécue, avec toutes ses vicissitudes,
Ses caprices, mais aussi avec ses affres, ses joies
Mais aussi ses peines.
Hélas ! Le voyage a pris fin
C'est pourquoi vous deviez m'accompagner.

Vous m'accompagnerez, parce que j'aurais accompagné les autres
Ceux qui avaient été toujours importants dans ma vie
Ceux qui comptaient pour moi, et qui étaient là pour moi
Je les ai accompagnés, quand tout était fini pour eux
C'est pourquoi vous m'accompagnerez aussi.

Vous m'accompagnerez, parce que pour moi, tout serait fini ici-bas.
Mon âme aurait changé de bords, de rives et d'univers
Ce ne serait désormais que mon absence qui comptera
C'est pourquoi vous devriez m'accompagner
Maintenant, il faudra, et pour toujours, que je sois absent.

Vous m'accompagnerez comme tout le monde
Comme tous ceux dont la fortune n'a pu sauver
Comme tous ceux dont la gloire n'a pu sauver
Ils auront été bons, forts, riches ou mauvais
Ils ont été accompagnés, et vous m'accompagnerez aussi.

Vous m'accompagnerez
Parce que j'aurai accompagné ceux que j'aurai aimés
J'aurai accompagné ceux qui m'ont aimé
Vous m'accompagnerez parce que
vous m'avez aimé, et je vous ai aimé.

Il était temps que je m'en aille, tout heureux
D'avoir été servi, et d'avoir servi
Je m'en vais, je ne serais présent que dans vos souvenirs,
Vos souvenirs heureux et luisants
C'est pourquoi vous deviez m'accompagner.

Accompagnez-moi dans la joie, dans l'allégresse
Sans larmes, sans tristesse, avec des couleurs,
De la symphonie, des roses et des fleurs
Parce que je m'en vais heureux
Dans la plénitude du Seigneur
Dans la grâce de Dieu.

Vanité, vanité, tout n'est que vanité !

Le 28 mars 2016

Complainte*

Je cherche ce visage attentif qui m'attendait à la maison.
Je cherche ce visage qui s'empressait à me recevoir.
Je cherche ce visage qui m'apportait de petits soins,
Qui m'aidait à me soulager de mes charges à chaque arrivée.

Tu me manques !
Tu m'approchais, me cajolais
et me questionnais sur ma journée à ma venue.
Tu m'apportais mon breuvage tant attendu
Cela me rafraîchissait, je le délectais avec avidité.

Je me rafraîchissais, en regardant ton doux visage
Heureuse de me donner ce plaisir, ce visage parfois
Interrogateur et aimable, souriant et curieux.
Tu me gratifiais d'un léger sourire, d'un petit câlin
Ta façon à toi d'exprimer ton amour, tout heureuse.

Ce visage qui parfois était anxieux
À la recherche du partage, et d'échanges fructueux
Tu voulais d'abord m'écouter,
Tu me tapotais, me caressais la tête et la figure.

Et moi, j'écoutais ta voix, à la fois ferme et déterminée.
J'écoutais tes émotions,
tes sentiments, tes préoccupations.
Et toi tu écoutais les miens, mes problèmes avec passion.
Ensemble nous prenions des décisions.

Tu m'écoutais avec attention.
Quand j'étais énervé, tu l'étais plus
Quand j'étais content, tu jubilais
Quand j'étais maussade, tu me cajolais,
me faisais de choses agréables, pour un sourire.

Me voir heureux, tu l'étais,
Me voir malheureux, tu l'étais
Tu vibrais pour moi,
Tu palpitais pour moi.

Je le cherche, je cherche ce visage, et je cherche encore ce visage,
Ce visage singulier, aux sentiments particuliers
Je cherche ce visage, ce visage attentionné,
aux sentiments passionnés.

Toi seule avais le pouvoir de me rendre heureux à l'extrême,
Tu avais le secret de m'apporter le bonheur.
Tu avais le secret de me mettre hors de moi,
Le secret de m'énerver, de me pousser à l'extrême.

Je me fâchais, criais, je criais et je criais encore
Je t'en voulais, je te rejetais, et je t'évitais.
Et puis, tendrement, tu m'approchais,
tu savais aussi demander pardon.

Hors de moi, j'étais insensible à toute sollicitude du cœur
Ton mea culpa était toujours là, plus tendre et sentimental
Mais enfin, ton opiniâtreté et ton courage me possédaient
Et me désarmaient, et tu reprenais ta place dans mon cœur.

Tu reprenais ta place dans la maison,
Tu reprenais ta place dans ta maison.

La maison, c'était d'abord toi,
La conceptrice, l'organisatrice, la régularisatrice,
la nourricière, la caisse, la trésorière, la nourrice.
Faisant toujours les meilleurs choix.

Où est-elle donc cette voix,
qui secouait la maison et la maisonnée,
À la recherche de l'ordre et de la propreté,
Qui plairait à n'importe quel Roi ?

Que je voudrais revoir ce visage,
Ce visage qui m'a tout apporté
Ce regard qui m'a tout donné
Qui m'exprimait sa passion,
Ce sourire qui m'apportait la bonne humeur, la raison.

Ma vie était éclairée, irradiée par ton spectre
Elle était vivifiée et enrichie par ton être.
Oui ! je brillais, tu m'illuminais,
Je frimais, tu me soutenais.

Je recherche ton visage, celui qui clignait l'œil,
Me regardait d'un bon œil
Celui qui me faisait des grimaces
Celui dont le regard me transportait.

Nos sorties, d'humeurs éclatantes et enjouées
Tu dansais, relâchée comme tu savais t'amuser.
Nos sorties avec parfois de sautes d'humeur
Tumultueuses, nerveuses et passionnées
pour une quelconque déconvenue.

Aussi, après chaque voyage, la joie de nous retrouver.
Après chaque brève séparation, les veillées nocturnes suivaient
Nos nuits blanches remplies d'étreintes et d'amours
D'étreintes sans noms.

Nos nuits longues et interminables
dans une communion d'esprit, la revue de nos préoccupations
et la recherche de solutions tant attendues.
Après nos étreintes, que de fois j'ai entendu
Oh ! Que la vie est belle !

La vie était belle, elle était belle
Chaque fois qu'on s'aimait
Elle était belle parce qu'on s'aimait,
Elle était belle parce que tu étais belle
Elle était belle parce que tu étais délicieuse.

Tu aimais cette vie pourtant
Tu aimais ces bontés et ces beautés,
Hélas ! la mort t'a arrachée,
Elle t'a arrachée à ce que tu aimais tant, à la vie !
Elle t'a arrachée à ton amour que tu aimais tant.

Et voilà que tu t'en es allée,
Tu es partie, et pour toujours, pour l'éternité
Tu me manques, ta voix s'est envolée,
ton visage n'est plus, ce vide est là, inaliénable
ton absence parfois insoutenable.

Tu es partie, en plein jour
Sans que le soleil ne cligne,
Tu es partie, pleine de vie, sans me faire signe
Sans crier gare, sans me dire Adieu !

Dans mon esprit, je cherche et recherche ton visage
Est-il auprès de Dieu ?
Je recherche ton visage, tout au fond de mon être
Je recherche ton visage pour que je puisse être.

Octobre 2017

* Dédiée à Djénabou Kassé, ma femme défunte.

TABLE

Poésie Afrique
aux éditions L'Harmattan

Dernières parutions

L'ESPRIT DU CŒUR
Mamadou Baba Dieng
«Je suis le poète qui n'a jamais vu la neige / descendre sur Paris, / Mais la France est dans mon cœur aussi longtemps / qu'y resteront ceux que j'aime. / Et je ne suis pas le poète «trop» conservateur qui résumerait, / d'un trait, ses pensées aux propres de l'Afrique, / Dans ma tête s'élève un jardin / et dans ce jardin poussent des fleurs ; / Et chaque jour à l'aube je m'y rends pour cueillir, à la volonté / de mes sentiments, une rose : blanche ou rouge. / Une fleur bleue je suis ! Je me la proclame ! Je suis / « sentimentaliste ».
(Harmattan Sénégal, 12 euros, 84 p., août 2017)
EAN : 9782343126869 EAN PDF : 9782140043871

DE LA PLUIE ET DU BEAU TEMPS
De la pluie et du beau temps est une exploration du rationnel et de l'irrationnel, un tour d'horizon sans cloisons, ni baromètre. L'auteur propose un décloisonnement de la dimension Espace-Temps pour parvenir aux symbioses les plus improbables. Animé par une «envoûtante éclosion spirituelle» et un «cœur en floraison sensationnelle», l'auteur se laisse porter par la grâce des mots.
(Harmattan Sénégal, 12 euros, 80 p., août 2017)
EAN : 9782343126562 EAN PDF : 9782140042720

LES SOUFFLES DU BENTÉNIER
Mour Seye
Ces vers des *Souffles du Benténier*, telle une ondée bienveillante, aspirent le lecteur vers les pays lointains où fleurissent l'harmonie suave, la douceur du langage et la magie des mots. Dans ce recueil, les mots dansent, libérant le rythme nostalgique des poètes-pionniers de la négritude comme Léopold Sédar Senghor.
(Coll. Harmattan Sénégal, 12 euros, 73 p., juin 2017)
EAN : 9782343123042 EAN PDF : 9782140040191

LETTRE À L'ÂME NOIRE
Poésie
Christian Loua
Préface de Cédric Marshall Kissy
«Ancêtres, ancêtres placides / De nos terres-dogmes et parfumées / Debout ! / Dans la bouche de mes mots / Il y a un plat pour vous : / Libération !» «Ce recueil se fait

cantique pour dire aux ancêtres, et au travers d'eux, chacun d'entre nous, qu'il est temps de sortir de la léthargie.» (Cédric Marshall Kissy)
(Coll. Harmattan Côte-d'Ivoire, 12,5 euros, 102 p., juin 2017)
EAN : 9782343115740 EAN PDF : 9782140040764

STANCES D'UNE AUBE NOUVELLE
Poèmes
Julins Herman Tingueu Sepo
Pour le poète, l'Afrique doit sortir de son profond sommeil. La société doit cesser d'être une jungle où les plus forts dévorent les plus faibles. Puissent ces vingt-cinq poèmes contribuer à trouver des solutions aux maux qui minent l'Afrique en particulier, et l'humanité en général.
(Coll. Harmattan Cameroun, 10,5 euros, 70 p., juin 2017)
EAN : 9782343122083 EAN PDF : 9782140038952

POÉSIES DE MA VIE 3
Ainsi parlaient deux momies et autre poèmes
Birahim Thioune – Préface de Serigne Sylla
« Le recueil de Birahim Thioune n'a rien à envier aux chefs-d'œuvre lyriques. Le verbe poétique qui s'y déploie est simple, voire primesautier : il émane du tréfonds du cœur et glorifie ce qu'il y a de plus noble en l'homme. L'absence d'afféteries, la justesse du ton et de l'expression s'expliquent par le dévoilement d'une expérience réellement vécue, le poète rédigeant les « Mémoires d'une âme » (Hugo). Voici un livre à lire et à relire, pour éprouver « le plaisir du texte », pour conjurer le dessèchement des cœurs et l'attiédissement de la foi. » (Serigne Sylla)
(Harmattan Sénégal) ISBN : 978-2-343-11935-9
mai 2017 • 58 pages • 11.50 euros EAN PDF : 9782140036613

PÉTALES NOIRS
Marcel Mendy
Ce recueil est une invitation au monde des mots et à tous les messages qu'ils peuvent transmettre. Ce n'est pas un recueil de textes sombres, mais celui d'une totale liberté. Liberté de l'auteur, liberté de poésie. Une poésie qui interpelle et qui fait « tilt » sur le billard de nos vies. Une poésie délicate mais forte, qui s'élève au-delà des géographies mentales, humaines, naturelles et qui crie mélodieusement sa radicale liberté.
Harmattan Sénégal, avril 2017, 74 pages, 11.50 euros
ISBN : 978-2-343-11932-8 / EAN PDF : 9782140035296

LE MONDE À TRAVERS LES YEUX DE LA VÉRITÉ
Selly
Préface de Cheikh Hamidou Kane
Avec sa jeunesse, elle dit son monde d'enfance, elle dit les mondes. Tout y passe : amour filial, fascination de la nature, écologie, souvenirs, méditation sur la foi religieuse, réflexion sur la nature, l'environnement. Elle est jeune, elle compose. Ses poèmes respirent la vertu de l'innocence. À la fin de l'ouvrage, on sort troublé malgré l'avertissement de Corneille : « Aux âmes bien nées, la valeur n'attend point le nombre des années. »
Harmattan Sénégal, avril 2017, 78 pages, 11 euros
ISBN : 978-2-343-11818-5 / EAN PDF : 9782140035289

S'IL Y EUT UN SOIR, IL Y AURA UN MATIN
Lazare Koffi Koffi
Préface du professeur Thomas Nguessan Yao
Dans cette œuvre poétique, l'auteur observe que, dans son pays, la nuit n'a jamais été totale. Elle ne peut jamais l'être sur une nation, un peuple. Il y aura toujours quelques rayons de lumière, fussent-ils minces et ternes, qui brilleront encore. De cette lumière pâle surgira un nouveau matin, une nouvelle création. Selon lui, l'ancienne Côte d'Ivoire mourra de sa belle mort avec tous les monstres assoiffés de sang pour laisser apparaître et vivre une nouvelle génération des vrais fils d'Eburnie.
Coll. L'Afrique qui se bat, avril 2017, 168 pages, 17.50 euros
ISBN : 978-2-343-11602-0 / EAN PDF : 9782140034558

SURVIE
Alima Madina
Préface de Gabriel Mwènè Ukoundji
Dans ce recueil, l'auteure explore l'espace dans lequel la génération actuelle est en train de vivre. D'un poème à un autre, on ne peut qu'être frappé par l'étendue du répertoire de son chant qui, par moments, déconcerte par la succession inattendue des vers d'amour, de nostalgie, de rêve, d'ailleurs, de néant et de thèmes aux allures métaphysiques. Comme tout poète, l'auteure porte en son âme la constance des signes de l'horizon.
Harmattan Congo-Brazaville, avril 2017, 58 pages, 10 euros
ISBN : 978-2-343-11767-6 / EAN PDF : 9782140033728

D'ELLE, JE N'AI GARDÉ QUE SON INFIDÉLITÉ
Crépin Gyscard Gandou D'Isseret
Est-ce l'infidélité d'un être ? Ou plutôt celle d'une poésie elle-même, qui se déjoue de la forme et du style et dans laquelle les mots se ruent pour se jeter dans une joie sans égale, voile tout déchiré, le cœur du poète en rire, souvent pleurant et parfois interpellant. Les inflexions remarquables qui accompagnent cette poésie sont moins des ruptures que des répits dans la dénonciation de ce grand mal qu'est l'infidélité, celle de la nature humaine, rendue dans l'imperfection de la forme.
Coll. Afrique poésie, mars 2017, 178 pages
EAN : 9782343112923 / EAN PDF : 9782140030642

CELLE QUE J'ATTENDAIS
Abdoukhadre Diallo
Abdoukhadre Diallo nous propose d'inspirer l'air rare de «fastes instants d'éternité» et de fêter l'instant de l'amour retrouvé, ici et maintenant, comme si demain était classé sans suite. «Celle que l'on n'attendait plus» pourrait désigner la vie que l'on a perdue, la privation de liberté, la félicité retrouvée : une flamme qui repart de plus belle dans la nuit de l'esprit. L'auteur nous guide à pas légers et mots comptés jusqu'à cette vérité ardente qui n'est évidente pour personne.
Coll. Harmattan Sénégal, mars 2017, 46 pages
EAN : 9782343114446 / EAN PDF : 9782140032400

REGARDER LA NUIT
Françoise Bocquentin
Attendre l'apparition d'une nuit étoilée, savourer sa lente approche, contempler l'univers, non pas avec nos yeux mais avec notre cœur. S'émerveiller. Nous sentir

aussi acceptés au sein de ce Grand Tout et accepter en nous cette part d'infini : expérience merveilleuse qui élargit notre regard, épanouit notre pensée. Puis, la Nuit accomplie, garder en nous ce chemin de lumière qui nous conduit au centre de nous-mêmes, là où notre monde intérieur rencontre l'univers tout entier.
Coll. Témoignages poétiques, mars 2017, 54 pages
EAN : 9782343114378 / EAN PDF : 9782140033018

MÉDITATIONS SILENCIEUSES
Lazare Koffi Koffi
Préface de Marcel Amondji
Cet ouvrage est un chant à la vie, un hymne à l'amour, une exhortation à la lutte contre les forces intérieures et extérieures du mal, une dénonciation des manœuvres contre la dignité et la justice, et, surtout, une supplication à l'intervention directe de Dieu dans la situation dramatique qui perdure en Côte d'Ivoire, les règles de la démocratie y étant fossilisées pour laisser briller l'autocratie. Dans une vision mystique, l'auteur voit sa patrie comme un agneau, voire une hostie qui s'offre en sacrifice expiatoire pour le salut de l'Afrique. Pour lui, la Côte d'Ivoire souffre non seulement pour elle-même, prise dans le tourbillon du néocolonialisme, mais aussi pour toute l'Afrique. La réponse qu'elle donnera au monde deviendra un chemin de salut pour l'Afrique entière.
Coll. L'Afrique qui se bat, 17,5 euros, février 2017, 176 pages
ISBN : 9782343107257 / EAN PDF : 9782140030260

EMPREINTE
Natacha Lizerot
L'auteure, dans un vrai voyage intérieur, imprime dans *Empreinte* sa souffrance en larmes, sa révolte contre l'oubli, sa révélation de la beauté par la Femme et la Poésie, son amour de l'autre par le lien et sa nécessité de l'engagement qui s'offrent à la sublimation de ses blessures.
Coll. Afrique poésie, 12 euros, février 2017, 96 pages
ISBN : 9782343106366 / EAN PDF : 9782140030437

CRI PRIMAL
Souleymane Konaté
Dans cette œuvre, l'auteur pousse un cri multisonore, marquant sa naissance dans l'arène de ceux qui se veulent « la voix des sans voix » portant le message de ceux dont la voix est insonore. Il dépeint donc à travers cet ouvrage les tares de la société de façon poétique : il invoque les acteurs du changement et évoque la stratification radicale de la société, l'importance de la paix, les misères dans le monde, la liberté, la justice, etc. Cette poésie, engagée envers les opprimés, permet ainsi de panser les contusions de la société.
(Harmattan Côte-d'Ivoire, 10 euros, 64 p., janvier 2017)
EAN : 9782343110714 EAN PDF : 9782140026980

Structures éditoriales du groupe L'Harmattan

L'Harmattan Italie
Via degli Artisti, 15
10124 Torino
harmattan.italia@gmail.com

L'Harmattan Hongrie
Kossuth l. u. 14-16.
1053 Budapest
harmattan@harmattan.hu

L'Harmattan Sénégal
10 VDN en face Mermoz
BP 45034 Dakar-Fann
senharmattan@gmail.com

L'Harmattan Cameroun
TSINGA/FECAFOOT
BP 11486 Yaoundé
inkoukam@gmail.com

L'Harmattan Burkina Faso
Achille Somé – tengnule@hotmail.fr

L'Harmattan Guinée
Almamya, rue KA 028 OKB Agency
BP 3470 Conakry
harmattanguinee@yahoo.fr

L'Harmattan RDC
185, avenue Nyangwe
Commune de Lingwala – Kinshasa
matangilamusadila@yahoo.fr

L'Harmattan Congo
67, boulevard Denis-Sassou-N'Guesso
BP 2874 Brazzaville
harmattan.congo@yahoo.fr

L'Harmattan Mali
Sirakoro-Meguetana V31
Bamako
syllaka@yahoo.fr

L'Harmattan Togo
Djidjole – Lomé
Maison Amela
face EPP BATOME
ddamela@aol.com

L'Harmattan Côte d'Ivoire
Résidence Karl – Cité des Arts
Abidjan-Cocody
03 BP 1588 Abidjan
espace_harmattan.ci@hotmail.fr

L'Harmattan Algérie
22, rue Moulay-Mohamed
31000 Oran
info2@harmattan-algerie.com

L'Harmattan Maroc
5, rue Ferrane-Kouicha, Talaâ-Elkbira
Chrableyine, Fès-Médine
30000 Fès
harmattan.maroc@gmail.com

Nos librairies en France

Librairie internationale
16, rue des Écoles – 75005 Paris
librairie.internationale@harmattan.fr
01 40 46 79 11
www.librairieharmattan.com

Librairie l'Espace Harmattan
21 bis, rue des Écoles – 75005 Paris
librairie.espace@harmattan.fr
01 43 29 49 42

Lib. sciences humaines & histoire
21, rue des Écoles – 75005 Paris
librairie.sh@harmattan.fr
01 46 34 13 71
www.librairieharmattansh.com

Lib. Méditerranée & Moyen-Orient
7, rue des Carmes – 75005 Paris
librairie.mediterranee@harmattan.fr
01 43 29 71 15

Librairie Le Lucernaire
53, rue Notre-Dame-des-Champs – 75006 Paris
librairie@lucernaire.fr
01 42 22 67 13